中國寓言故事繪本

話小屋 等 編寫

新雅文化事業有限公司
www.sunya.com.hk

愉快的寓言故事和成語學習之旅

　　寓言，是指富有道德教育或者警世智慧的短篇故事。寓言的主人公可以是人，可以是動物，也可以是植物等。故事內容蘊含意味深長的道理，給人們帶來啟示。

　　在中國豐富多姿的傳統文化中，寓言是一個重要的組成部分。作為一種文學形式，它有趣的故事情節，啟人心智的哲理，淺白易明的含義，幾千年來一直深受人們所喜愛。而很多成語，也正是出自古代的寓言故事。

　　現在，我們從眾多的寓言故事中，精選出《老馬識途》、《望梅止渴》、《畫龍點睛》、《畫蛇添足》、《愚公移山》、《自相矛盾》、《守株待兔》、《鷸蚌相爭》、《狐假虎威》、《杞人憂天》、《杯弓蛇影》、《井底之蛙》等二十個耳熟能詳、具現實意義

的寓言，用淺白的文字重新編寫，並邀請著名的兒童插畫家和中央美術學院的新生代畫家，共同精心編繪這本故事集。

為了加深小朋友對寓言故事和相關成語的了解，我們在每個故事後設「寓言一點通」欄目，介紹寓言的出處、含義，並展示與故事相關的成語所造的例句。此外，亦設有「做一做」欄目，讓小朋友通過既有趣又好玩的小練習，認識更多成語，真是「一舉數得」呢！

小朋友，還等什麼呢？我們一起進入這愉快的寓言故事和成語學習之旅吧！

目錄

前言   2

 畫龍點睛   7

 畫蛇添足   21

 愚公移山   35

 鐵杵磨成針   49

鄭人買履   63

疑人偷斧   77

一鳴驚人   91

 一舉兩得   105

 濫竽充數   119

葉公好龍   133

老馬識途   147

望梅止渴　　161

狐假虎威　　175

井底之蛙　　189

自相矛盾　　203

杯弓蛇影　　217

鷸蚌相爭　　231

守株待兔　　245

杞人憂天　　259

朝三暮四　　273

「做一做」答案　　287

畫龍點睛

葉　蕾　編寫
趙光宇　繪圖

　　從前，有個年輕的畫家叫李大墨，他喜歡去各地遊覽名勝古跡，每次總是一邊遊山玩水，一邊學習畫畫。就這樣，他不僅在旅途中欣賞了許多湖光山色，而且自己的畫技也得到很大的提高。

　　一天，李大墨路過一個小縣城，發現自己身上的錢不多了，就先找間客棧住下。他在市集*上擺了個畫攤，打算賣些畫，湊夠了錢再上路。

*市集：定期舉行的貨物買賣市場。

　　李大墨攤開畫紙，蘸（粵音湛）好墨汁，三筆兩
筆下去，一隻昂首挺胸、神氣十足的大公雞就被畫
在紙上了；又是飛快的幾筆，一匹仰天長嘶（粵音西）
的千里馬也被畫了出來。

　　無論他畫什麼，都畫得栩（粵音許）栩如生，畫
上的動物好像要從畫裏走出來似的，令人讚歎不已。
不一會兒，他的畫攤前就擠滿了人，大家都來看他
畫畫。

這件事很快就被當地的縣老爺知道了，縣老爺派人去請李大墨到家裏給自己畫畫。

縣老爺一見到李大墨就迫不及待地説：「城裏的人都説你畫技超羣，畫什麼像什麼，我卻有些不相信。你今天能給我畫一幅畫嗎？」

李大墨問道：「不知道大人想讓我畫什麼呢？」
縣老爺指着旁邊的白牆説：「我要你在這上面畫一條騰雲駕霧的金龍，要是畫得好，老爺我重重有賞！」

縣老爺叫人端來筆墨紙硯（粵音現）和顏料，「你先畫着，兩個時辰後我再來。」說完就離開了。

李大墨在白牆前走來走去，一會兒沉思，一會兒遠望，遲遲不肯下筆。眼看一個時辰過去了，白牆上還是什麼也沒有。

縣老爺的手下急忙跑去報告，縣老爺一聽也覺得奇怪，他捻着鬍鬚，心想：現在時間還早，到時候他畫不出來，再懲辦他也不遲。

再看李大墨這邊，只見他又注視了白牆一會兒，終於提起畫筆飛快地畫了起來。

　　很快，時間到了，縣老爺和他的隨從趕來了。他們看到牆上的畫作，不禁大吃一驚：一眼望去，只見一條金龍騰空於茫茫雲海上，活靈活現，張牙舞爪，陽光下，每一片鱗甲都閃耀着金光。

　　縣老爺高興得合不攏嘴，突然，他向李大墨喊道：「不對，這龍……這龍怎麼沒有眼睛呢？」李大墨説：「大人，這雙眼睛可畫不得，不然龍就飛走了。」

在場的人都哈哈大笑起來，縣老
爺生氣地說：「世上哪有這樣的事啊，
你不要瞎說，快把龍的眼睛點上！」

李大墨沒辦法，只好拿起畫筆，運足力
氣，給龍點上了眼睛。頃刻間，電閃雷鳴，
狂風大作，牆上的龍真的活了，游動着身體
朝天上飛去。

在場的人嚇得四散逃開，縣老爺更鑽到
桌子底下。李大墨搖搖頭，離開縣老爺家，
繼續遊山玩水去了。

寓言一點通

● 典故出處

「畫龍點睛」出自《歷代名畫記‧張僧繇（粵音搖）》。

這個典故是這樣的：在南北朝時期的梁代，有一個苦學成功的畫家叫張僧繇，擅長畫山水人物。他曾經在一間寺院的牆壁上，畫了四條龍，可是卻不肯給龍點上眼睛。別人見了奇怪，問他為什麼，他回答說：「點了眼睛，龍就會飛走。」大家都不相信，非要他試試。他只好點上龍睛，結果龍真的從牆壁上破壁而出，飛上天去了。

● 成語釋義

「畫龍點睛」比喻藝術創作或寫字、說話時，在關鍵處添一兩筆，或加上幾個精闢的詞句，就能讓內容更生動傳神。

● 我會造句

老師稱讚小白兔的作文寫得好，文章的結尾**畫龍點睛**，令人回味無窮。

● 做一做

把下面的詞語填在合適的橫線上，令它既是前一個成語的末尾，又是後一個成語的開頭。

三分	同舟	良辰	春風

1. 風雨 ＿＿ ＿＿ 共濟　　2. 入木 ＿＿ ＿＿ 天下

3. 吉日 ＿＿ ＿＿ 美景　　4. 如沐 ＿＿ ＿＿ 滿面

我愛接龍

畫龍點睛之筆掃千軍萬馬到成功成名就事論事在人為人師表

20

畫蛇添足

葉　蕾　編寫
趙光宇　繪圖

很久很久以前，有一個年輕人叫楚貴，他非常喜歡結交朋友，經常在家中擺上筵席，宴請好友來作客。

這一年的中秋節，又大又圓的月亮高高掛在夜空中，照得大地像是抹上了一層白霜，美極了。和家人吃過晚飯後，楚貴意猶未盡，於是他興致勃勃地又拿出一壺好酒，備下小菜，邀請幾個好朋友來家裏一起過節。

朋友們都到齊了，楚貴把酒瓶捧在手裏，笑着說：「這是上等的好酒，大家盡情享用吧！」他剛把酒瓶打開，酒香就四散開來，朋友們都爭着要品嘗這美酒。

　　就這樣，大家圍坐在一起，一邊觀賞中秋的明月，吃着香甜的月餅，一邊舉杯暢飲，說說笑笑，非常開心。

　　很快，酒瓶裏的酒被大家喝得差不多
了。楚貴把酒瓶倒過來，剩下的酒剛好倒
滿了一杯。這是最後的一杯酒，讓誰喝好
呢？

　　有人提議說，讓最年長的那個人喝；
也有人說，主人請誰喝，就給誰喝；還有
人出主意說，不如來個擊鼓傳球，鼓聲停
止，彩球傳到誰手上，酒就歸誰……商量
來商量去，大家都認為不夠公平。

　　最後，楚貴想出一個辦法，他對大家說：「這
樣吧，我們幾個人都喜歡畫畫，我們來比賽畫蛇，
誰最先畫好，這最後的一杯酒就獎給他喝。」大家
一聽，都表示同意。

　　楚貴拿來紙和筆，分給朋友們，大家便紛紛俯
下身子，畫起蛇來。

　　楚貴畫畫的技巧很不錯，三筆兩筆就把蛇畫好
了，看上去真是惟妙惟肖。他看到其他人還在畫，
心想：這最後的一杯酒肯定歸自己了。

29

楚貴越想越得意，他在朋友們身邊
轉來轉去，說：「哎呀，畫條蛇簡直太
容易了，你們怎麼還沒畫完？我早就畫
完了，就算我再給蛇添上腳，那也比你
們快呢！」

說完，他一手端起桌子上的酒杯，
另一隻手握着畫筆，開始給紙上的蛇畫
起腳來。

　　還沒等他畫完，另一個人也把蛇畫好了，他看到
楚貴竟然給蛇畫腳，一下將楚貴手裏的酒杯奪過來。

　　那個人哈哈大笑，抿（粵音吻）了一口酒，說：「蛇
本來就沒有腳，你為什麼偏偏要給蛇畫上腳呢？這樣
一來，你畫的就不是蛇了。現在我也已經畫完了，這
酒就歸我了！」說完一仰脖子，把酒喝了個精光。

其他幾個人也陸
陸續續畫完了蛇，他們
拿起自己的畫，又看了
看楚貴畫的那條有腳的
蛇，都忍不住哈哈大笑
起來。

寓言一點通

● 典故出處

「畫蛇添足」出自《戰國策》。

這個典故是這樣的：為了爭喝一杯酒，大家約定比試畫蛇，誰先畫好，誰就能喝酒。有個人最先完成了，拿起酒杯準備飲酒，卻又伸出手去畫蛇，説：「我還能給蛇畫腳呢！」結果他還沒畫完腳，另一個人的蛇就畫好了。那個人搶過他的酒杯，説：「蛇本來沒有腳，你怎麼能給蛇畫腳呢？」説着把酒喝完了。

● 成語釋義

「畫蛇添足」比喻多此一舉、弄巧成拙。

● 我會造句

小浣熊畫了一幅《春天花海》的圖畫，畫面上有桃花、杏花、迎春花……美麗極了！可是小浣熊覺得花不夠多，又畫上了在秋天才開放的菊花。這下真是**畫蛇添足**了！

● 做一做

給下面的成語補上一個適當的字，讓它們組成一個與身體有關的成語。

1. 咬＿＿切＿＿　　2. ＿＿亡＿＿寒　　3. 以＿＿還＿＿

4. ＿＿槍＿＿劍　　5. ＿＿ ＿＿相依　　6. ＿＿紅＿＿白

畫蛇添足智多謀事在人，成事在天

馬行空穴來風風火火樹銀花

34

愚公移山

王 玉 編寫
王曉鵬 繪圖

　　從前，有個叫愚公的老人，已經快九十歲了。
他跟兒子、孫子們生活在一起，一家人日子過得和
和樂樂的，只是有一點不如人意，那就是家門口堵
着兩座大山。

　　這兩座大山，一座叫太行山，一座叫王屋山，
方圓有幾百里，高七八千丈。人們想要出門去買點
東西或是辦點什麼事，就得繞很遠很遠的路，非常
不方便。

　　愚公的大兒子這次出山去買東西，就去了好久
還沒回來。

這天，愚公的大兒子終於風塵僕僕地趕回來。他興奮地跟家人說起山外的世界有了哪些變化。不過很多一年前所發生的事情，他們卻剛剛才知道。

大家都沉默了。

小兒子說：「我們搬到山外面去住吧！」

愚公說：「這裏住着這麼多人，只是我們一家人搬走有什麼用呢？不如，我們把這兩座山移走，這樣大家就方便了！」

愚公的妻子擔心地說：「這麼大的兩座山，怎能搬得動呢？就算能搬動，挖出來的土和石塊又放在哪裏？」

愚公説：「我們一點一點慢慢挖，總能把山搬走。至於挖出來的泥土，就扔到渤（粵音撥）海邊上去！」

兒孫們聽了都很贊同。一家人下定決心，一定要把山移走。

説幹就幹，愚公帶着能挑得動擔子的三個兒孫，來到山腳下。他們每天鑿石頭、挖土，再用扁擔和籮筐把挖出的土石運到渤海邊上。

鄰居家的小孩七八歲，才剛剛換牙，也蹦蹦跳跳來幫忙。

大山和大海離得很遠，冬去春來，一年才能往返一次。

　　這天一大早，愚公一家又在鑿山。一個老頭走過來——他也住在附近，人很精明，大家都叫他智叟（粵音手）。智叟嘲笑愚公説：「你真是太傻了，難怪人家叫你愚公！你這一把年紀，拔草都費力，還想搬山？怎麼可能呢！」

　　愚公歎了一口氣，回答說：「人們叫你智叟，我看你還不如鄰居家的小孩兒聰明。我一個人當然沒辦法把山搬走，但是我死了，還有兒子，兒子又可以生孫子，孫子又有兒子⋯⋯子子孫孫無窮無盡，但是大山卻不會增高。只要我們一直挖，山又怎會挖不平呢？」

　　說完，愚公又去挖山了。智叟無話可說，漲紅着臉走了。

　　山神聽說這件事，害怕愚公祖祖輩輩挖下去，真的把山挖平，連忙向天帝報告。

　　天帝被愚公的毅力打動了，就派大力神的兩個兒子去幫忙，一人背一座，把兩座大山都搬走了。
　　愚公一家歡呼雀躍，高興極了。

從此，愚公家的門前，一馬平川，再也沒有高山阻隔。附近的人們外出辦事、買東西都變得非常方便，大家都感謝愚公一家做出的貢獻。

● 典故出處

「愚公移山」出自《列子·湯問》。

故事講述愚公不畏艱難,堅持不懈(粵音械),挖山不止,最終感動天帝將山移走。

● 成語釋義

「愚公移山」比喻有毅力,不怕困難。

● 我會造句

小熊要蓋一間石頭屋子,他到處找石頭,一點一點地搬回去。「好累啊!」小熊咬緊牙關對自己說,「我要有『**愚公移山**』的精神,一定要把小屋蓋好!」

● 做一做

請在下面的橫線上填上適當的字,令它們構成一座完整而含有「山」字的成語山。

萬水千山

1. 山清＿＿＿秀　　＿＿＿珍海味

2. 湖光＿＿＿色　不識＿＿＿山　名落孫＿＿＿

3. 人山＿＿＿海　恩重＿＿＿山　坐吃＿＿＿空　東山＿＿＿起

我愛接龍

愚公移山長水遠走高飛沙走石沉大

海闊天空前絕後來居上

鐵杵磨成針

王　玉　編寫
王曉鵬　繪圖

　　美麗的眉州,有一座高高的象耳山,山的形狀
像大象的耳朵,好玩吧?不過,來到象耳山的人,
更喜歡到山腳下看看那條清澈的小溪——磨針溪。

　　為什麼呢?因為很久以前,這條小溪還未叫磨
針溪的時候,在小溪邊發生過一個有趣的故事呢!

　　傳說，在這象耳山裏，有
一座學堂。唐朝著名的大詩人李
白，就在這座學堂裏讀書。

　　那時，李白還是個孩子，和
所有的小孩子一樣，很貪玩。看
到小鳥在他身邊飛來飛去，小蟲
兒在他腳下爬來爬去，李白的心
裏就像長了一棵晃來晃去的小草
一樣，直癢癢。

這天，李白終於坐不住了，他想：老師總讓我們不停地讀書，讀啊，讀啊……這麼多書，什麼時候才能看得完呀？他放下書本，偷偷溜出了學堂。

李白一面跑，一面玩耍，追逐草地上的小鹿，眺（粵音跳）望天空的飛鳥，快活極了。到了中午，李白走累了，遠遠看到一條小溪，就跑過去，想在小溪邊休息一會兒。

走到小溪邊，他看到一位滿頭白髮的老婆婆，在溪邊的石頭上磨着一根粗粗的鐵杵（粵音處）。

　　李白很好奇，上前問道：「老婆婆，你磨鐵杵做什麼？」

　　老婆婆抬頭，看着他笑眯眯地說：「我呀，想做一根繡花針。」

　　李白吃驚地問：「這麼粗的鐵杵，怎麼能磨成細細的針呢？」

　　老婆婆笑了，說：「只要肯下工夫，不斷地去磨，總有一天工夫到了，鐵杵自然就能磨成針了。」

　　李白聽了，呆在那裏。老婆婆說
的話，讓他想起了平時老師的教導。

　　老師也總是說，做學問要下工夫，
只要工夫到了，自然能學好。看來，這
都是同樣的道理呀——不管做什麼，都
要下工夫，要堅持！李白有點兒慚愧，
自己不該從學堂裏偷跑出來。

　　等李白想明白了，想要回過頭謝
謝老婆婆時，卻發現老婆婆不見了。李
白很驚訝，老婆婆是不是天上仙女變的
呢？

從那天以後，李白不管學什麼都很認真、肯下工夫。他的學問越來越淵（粵音冤）博，文采也越來越好，他寫出了很多瑰麗的詩篇，成了中國古代著名的大詩人。

　　後來，李白回到大山，找到了當年老婆婆磨針的小溪，在那兒題了三個大字：磨針溪。「鐵杵磨成針」的故事，就這樣一代一代流傳了下來……

● 典故出處

「鐵杵磨成針」出自《方輿勝覽・眉州・磨針溪》，杵指舂（粵音忠）米或捶衣用的棒子。

宋朝時一個叫祝穆的人寫成《方輿勝覽》，是一本介紹各地風景名勝、人物、傳說的書。裏面有很多故事，其中一篇就是講述李白遇到磨針的老婆婆的故事。

● 成語釋義

「鐵杵磨成針」比喻只要有恆心、有毅力，堅持不懈地努力下去，再難辦的事也能辦成。

● 我會造句

小百靈鳥每天一大早就起來練唱歌。雲雀阿姨讚賞她說：「『只要工夫深，**鐵杵磨成針**』，小百靈一定能成為森林裏的金嗓子！」

● 做一做

下面的成語和哪些歷史人物有關？請把適當的答案連起來。

1. 割席斷交 •　　　　• a. 呂蒙

2. 望梅止渴 •　　　　• b. 管寧

3. 刮目相看 •　　　　• c. 曹操

我愛接龍

鐵杵磨成針鋒相對酒當歌舞升平心靜氣宇軒昂首挺胸有成竹

鄭人買履

話小屋　編寫

王祖民、王鶯、王梓　繪圖

在很久以前，鄭國有個非常愛讀書的年輕人。
早上公雞一「喔喔」叫，他就立刻從
牀上爬起來讀書，一直讀
到深夜。

在一個寒冷的
冬天，他正津津有味
地圍着火爐看書，看着看
着，他突然用力地拍了一下桌子。

「書上說得真對呀！」讀書人興奮地站了起來，「人就是一天三頓飯都不吃，也不能一天不讀書啊！」不料，他因為太過興奮，不小心踢翻了火爐，小火苗躥（粵音川）上了他的鞋子。

讀書人一時不知道怎麼辦才好，突然，他看到手上的書有一句話：「橘（粵音骨）子能降火！」於是，他趕緊拿起橘子咬了一口，橘汁剛巧落在鞋子上。

　　火熄滅了，但鞋子被燒了一個洞，他只好到市集上去買新鞋子。

市集上人來人往，好熱鬧啊。有賣雲吞的，有賣糖葫蘆的，有賣糖人的，有賣衣服的，有賣鞋子的⋯⋯

讀書人隨着人羣往前走，他在一家最大的鞋舖前停了下來。

賣鞋子的是個老婆婆，她和藹可親地問道：「這位年輕人，你穿多大尺碼的鞋子呢？」讀書人一時想不起自己的尺碼，於是對老婆婆說：「我的尺碼記在一本書裏了，等我回去取。」

　　老婆婆笑着說：「你把腳抬起來讓我看看，我就知道你穿多大尺碼的鞋子了，不用回家去取。」

　　讀書人連忙搖搖手，說：
「那怎麼行！我要回去查書。」
就這樣，讀書人不顧老婆婆的
好心幫忙，趕回家去取尺碼。

等讀書人滿頭大汗地趕回來，市集早就散了，只有老婆婆的鞋鋪還為他掛着燈籠。

讀書人從懷中取出一本書，一本正經地對老婆婆説：「看，這書上寫得很清楚，『吾兒七歲，着鞋六寸』。我的鞋是六寸的！」

老婆婆看了看讀書人的腳，說：「我覺得你穿六寸的太小，應該穿十寸的。」讀書人搖搖頭說：「書上寫了是六寸，自然就是六寸，你給我拿六寸的。」

　　老婆婆沒有辦法，她拿來了一雙六寸和一雙十寸的鞋子，讓讀書人都試試。

　　讀書人只接過六寸的鞋子，可是那鞋子又窄又小，根本穿不進去，最多只能穿進一根大腳趾頭。

　　老婆婆又把十寸的鞋子遞給他，讓他
試試。讀書人一穿，大小肥瘦剛好合適。

　　老婆婆笑着說：「看，我剛才就說了，
你應該穿十寸的鞋子。」說着，她想收起
六寸的鞋子。

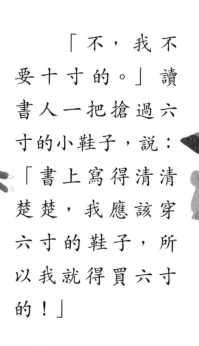

「不，我不要十寸的。」讀書人一把搶過六寸的小鞋子，說：「書上寫得清清楚楚，我應該穿六寸的鞋子，所以我就得買六寸的！」

老婆婆聽了哈哈大笑，說：「你怎麼不相信自己的腳呢？你不是剛試過十寸的鞋子嗎？大小正合適呀。」

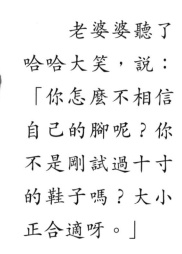

讀書人嚴肅地說：「除了書上寫的，我都不相信。就算是我自己的腳，我也不信！」說完，他就拎着那雙六寸的小鞋子，光着腳回家了。

　　老婆婆歎了口氣，無奈地走回鞋舖。這時，天色已經全黑了。

● 典故出處

「鄭人買履」出自《韓非子》。履（粵音里）指鞋子。

故事講的是一個鄭國人想買鞋，他到了鞋舖，卻只相信之前量腳得到的尺碼。他寧願回去取記在紙上的尺碼，也不相信自己的腳，結果沒買到合適的鞋，鬧出了大笑話。

● 成語釋義

「鄭人買履」比喻只知道生搬條文，而不考慮實際情況的做法。

● 我會造句

小豬去買鞋，不知買多大尺寸才合適，於是打電話問豬媽媽。豬媽媽告訴小豬：「親自穿上試試，才能買到最合適的鞋，可不要像**鄭人買履**一樣，只相信從前的經驗啊。」

● 做一做

在下面的橫線上填上適當的字，令它們組成首尾二字相同的成語。

1. 神乎＿＿神　　2. 忍無＿＿忍　　3. 防不＿＿防

4. 賊喊＿＿賊　　5. 痛定＿＿痛　　6. 精益＿＿精

我愛接龍

鄭人買履薄臨深居簡出生入死去活

來日方長袖善舞文弄墨

疑人偷斧

話小屋　編寫

王祖民、王鶯、王梓　繪圖

從前，村子裏住着一個叫王二的人，他生性多疑。

有一天，他用家裏的斧子劈柴，但這把斧子太舊了，把他的手磨出一個大血泡。王二生氣地一摔斧子，不好，斧子被摔斷了！

王二只好問老婆要了錢，去市集買一把新斧子。
他來到市集，市集上好熱鬧啊。看，前面就有賣斧
子的，王二挑來挑去，挑了一把鋒利的斧子。

這把新斧子很好用，王二用它砍樹，三下兩下就把樹砍倒了；王二用它劈柴，七下八下就把柴劈完了。

王二太喜歡這把斧子了，用完後就用布把它仔細擦乾淨，放在柴房裏。

　　有一天，王二拿着斧子來到田地裏，用它劈枯樹枝。

　　樹枝一會兒就劈好了，他只顧捆好樹枝，然後背着樹枝回家去，新斧子被他遺忘在田地裏。

第二天一早，王二發現新斧子不見了。他先在柴房裏亂找一遍，沒有找到；然後又到廚房裏找，也沒有找到；接着跑到雞窩裏找，雞窩裏也沒有；最後他又跑到後院裏找，後院也沒有找到。

哪裏都沒有斧子的影子，斧子到底放在哪兒呢？

王二正想着，剛好鄰居家的孩子從他家門口經過，朝他家多望了幾眼，這就引起王二的懷疑。

「他為什麼要往我家看呢？對了，上次我用新斧子的時候，他就在附近，會不會是他偷的呢？」想到這裏，王二就覺得那個孩子走路的姿勢、眼神，都鬼鬼祟（粵音睡）祟的。

　　有一次，王二聽那個孩子和別人說「我撿到的，太好用了」，難道是在說自己的斧子嗎？王二走了上去，想聽清楚一點。孩子們一見王二過來，都走開了。

　　看，這不明擺着嘛，作賊心虛！一定是他偷了我的斧子！王二更加肯定了。不行，我要到他們家找找證據，可能真的能找到我的斧子，王二心想。

於是，王二趁鄰居不在家的時候，偷偷地在鄰居家找起斧子來。可是找來找去，並沒找到那把斧子。

這時，鄰居家的狗突然叫了起來。原來，鄰居一家人回來了，王二嚇得趕緊藏了起來，等鄰居一家都睡覺了，他才偷偷跑回家。

王二沒找到斧子，又偷偷躲藏了半天，心裏越想越生氣，覺得斧子一定被鄰居拿去賣了。

「不行，我要找到那把斧子，然後送他去見官！」

第二天，王二來到市集，他發現一把斧子和自己丟的那把很像，於是就跟賣斧子的人商量，想把它帶走。賣斧子的人瞪着眼把王二轟走了。

過了幾天，王二來到田地裏種樹苗，突然在一個土坑裏發現了自己的新斧子！

王二這才想起來，上次劈完枯樹枝後，只顧着捆樹枝，把新斧子忘在土坑裏。

王二高興地吹着口哨回家，在家門口又碰到鄰居家的那個孩子。看，這個孩子多天真可愛呀，怎麼會偷自己的斧子呢！

寓言一點通

●典故出處

「疑人偷斧」出自《呂氏春秋》。

故事講的是有個人丟失了一把斧頭，懷疑是鄰居家的孩子偷的，於是就很注意他，總覺得他走路、說話，怎樣看都像是偷斧頭的人。不久，那個人在自己砍柴的地方找到斧頭。他再看鄰居家孩子的動作和態度，一點兒都不像偷斧頭的人了。

●成語釋義

「疑人偷斧」比喻沒有根據而胡亂猜疑。

●我會造句

小狐狸的花圍巾不見了，懷疑被同學小熊偷走，後來卻在自己家找到了，原來是她**疑人偷斧**啊。

●做一做

下面的成語中，都有一種物件被人偷走了，請把它們找回來，組成一個正確的成語。

1. 對牛彈＿＿＿　　2. 掩耳盜＿＿＿　　3. 濫＿＿＿充數

4. 自相矛＿＿＿　　5. 鄭人買＿＿＿　　6. 擊＿＿＿鳴金

一鳴驚人

魏亞西　編寫

劉振君　繪圖

很久以前，齊國有個國君叫齊威王。這個齊威王很聰明，在當上國君之前，就學了很多治國的道理。

不過他當上國君以後，沒人管了，他就整天玩樂，最喜歡喝酒歡宴，看宮女跳舞。

大臣們一來稟報事情，齊威王就頭痛。什麼這裏要修渠啦，那裏遭旱災了，老百姓需要救助啦……他聽不了兩句，就不耐煩地把人統統轟走，自己繼續玩樂。

　　大臣們覺得這樣不對，紛紛勸諫他，他也不聽。

　　時間長了，文武百官都在心裏埋怨。好多大臣也懈怠起來，心想：國君都不管國家的事情，我操什麼心呀！他們也不好好工作了。

　　就這樣過了三年，齊國的各項事務更混亂了。當官的不做事，只知道拿錢；士兵們沒人訓練，天天遊手好閒；老百姓無人理會，還經常被欺負⋯⋯整個國家都亂糟糟的。

齊國周圍的國家一看，
都想趁機佔便宜，於是紛紛
來攻打齊國。

齊國的士兵好長時間沒
訓練，加上進攻的人太多，
哪兒擋得住啊！一時之間，
齊國的形勢萬分危急。

有個叫淳于髡（粵音昆）的大臣，他很着急，想要勸諫齊威王。可是齊威王不喜歡聽人勸諫，該怎麼説呢？淳于髡想了一個好辦法。

　　他去找齊威王，説要給他出個謎語。齊威王很有興致，就讓他説。

　　淳于髡就説：「都城中有一隻大鳥，落在大王的庭院裏，三年了，不飛又不叫。大王猜這是什麼鳥？」

齊威王心想：「我的庭院裏哪有這樣的大鳥……哦，知道了，淳于髡這是在說我啊！說我三年來只顧着玩樂，不好好做事，就像鳥不飛不叫似的。」

　　嗯，現在齊國形勢不妙，
我是該改改了。

　　於是他回答說：「你想說
的我知道了。這隻鳥不是一般
的鳥，牠不飛就罷了，一飛沖
天；不叫就罷了，一叫驚人。」

　　淳于髡一聽，就明白齊威
王要振作起來，好好做事，不
由欣慰地笑了。

　　果然，齊威王迅速振作起來，召集
全國的官員，考察他們有沒有認真做事；誰
做得好，誰做得不好。然後做得好的獎，做
得不好的罰，貪污殘暴的乾脆撤職殺頭……

這下子，朝廷的氣氛煥然一新。

所有大臣都不敢再混日子，他們提起精神，好好做事。全國上下一齊努力，齊國的形勢終於好轉了。

其後齊威王又率領大軍出征，趕跑
了所有入侵的諸侯國，齊國聲威大振，
這下齊威王真是「一鳴驚人」了！

此後，齊威王勵精圖治，把齊國治
理成天下強國。

典故出處

「一鳴驚人」的典故在《韓非子·喻老》和《史記·滑稽列傳》裏都有記載。《韓非子·喻老》裏講的是楚莊王的故事，《史記·滑稽列傳》裏講的是齊威王的故事。本篇講述的就是齊威王的故事。

歷史上的齊威王是齊國一位賢明的君主。他剛當上國王的時候，天天遊樂，不理政事，本篇就是講述這時期的齊威王。之後，齊威王採納諫言，一下振作起來，變得又勤奮、又虛心。後來，齊威王做了很多大事，讓齊國的國勢大振，成了諸侯國中最強盛的國家。

成語釋義

「一鳴驚人」的字面意思是，一叫就使人震驚，比喻平時沒有突出的表現，一做起來就有驚人的成就。

我會造句

小天鵝卡卡每天都悄悄地練飛。他想：總有一天我要一**鳴驚人**，成為小伙伴中飛得最高的那一個！

做一做

在下面的橫線上填上數字，組成一個與數字有關的成語。

1.____清二楚　　2.____面三刀　　3.____令五申

4.____分五裂　　5.____顏六色　　6.____上八下

一鳴驚人多勢眾志成城門失火，殃及池魚目混珠光寶氣象萬千

一舉兩得

魏亞西　編寫
劉振君　繪圖

古時候，有一個很勇武的人，叫卞（粵音便）莊子。

有一天，他在一間小茶館裏喝茶，聽到鄰桌的人說，附近的山裏有猛虎，還咬傷了人！

卞莊子聽了，就問店裏的小伙計。小伙計說，確實有這事，他就住在那山腳下的村子裏。村裏已經有好幾個人被老虎咬傷，現在大家都不敢出門。

卞莊子聽了又驚又怒，一拍桌子站起來，說：「猛虎傷人，光躲不是辦法，讓我去除掉牠！」說着背起弓箭就走。

小伙計趕緊喊住他：「客官，等等我，我也去！」

　　卞莊子本來不答應他跟着去，但那小伙計説，
他以前也經常進山打獵，熟悉山裏的路徑，還懂得
怎樣追蹤野獸，多少總能幫上忙。

　　卞莊子想了想，同意了。於是倆人帶上乾糧，
一起進了山。

一路上，卞莊子跟那個小伙計追蹤着老虎在地面上和樹林裏留下的種種蹤跡，一點點往前走……忽然，小伙計一手拉住了卞莊子，小聲說：「就在前面了！」

　　風吹來一股野獸的腥味兒……

　　倆人躡手躡腳地潛過去，躲在一叢灌木叢後，
往外一看：前面的空地上，居然有兩隻老虎！

　　空地上倒臥著一頭牛，兩隻老虎都是被那頭牛
吸引過來的。牠們不時警惕地看對方一眼，又低下
頭去撕扯那頭牛。

　　卞莊子悄悄拿出弓箭，對着老虎就想拉弓射箭。小伙計趕緊攔住他，輕聲說：「別急，等一等。一頭牛不夠牠們吃，肯定會爭奪，還會打起來。」

「一打起來，肯定有一隻會
受傷，說不定還會死掉呢。到時
候你再來對付剩下的那隻，那不
是一舉兩得嗎？」

卞莊子一聽，覺得有道理！

果然，在牛快被吃完的時候，兩隻老虎打起來了！牠倆怒吼着撲在一起，翻滾着、咆哮着，張着大嘴互相撕咬，各不相讓。

終於有一隻老虎被咬得渾身是傷，慢慢地倒下不動了。另一隻老虎蹲在那兒，疲憊（粵音敗）地舔着身上的傷口——牠傷得也不輕呢！

這時，卞莊子飛快地拉滿弓，一箭射出，箭像流星一樣劃空而去，正中老虎的心窩！老虎痛吼一聲，帶着箭倒下了。

這下可真是一舉兩得！兩人都高興地笑了。

老虎被殺死了，附近的老百姓又可以安安穩穩地過日子了。大家都誇卞莊子這位除虎勇士，而卞莊子說：「要謝謝小伙計的好主意！」

我愛接龍⋯⋯

一舉兩得寸進尺有所短，寸有所長

● 典故出處

「一舉兩得」出自《史記・張儀列傳》。

這個典故是這樣的：卞莊子是春秋時魯國的大夫，以勇武聞名。據說，有一次卞莊子進山，發現有兩隻老虎在爭食物吃。卞莊子正要刺殺猛虎，旁邊有人阻止他，給他出主意說：「兩隻老虎在吃牛，等牠們吃出滋味來的時候一定會爭奪，一爭奪就會打起來，一打起來，那麼大的就會受傷，小的就會死亡。這時候再追逐受傷的那隻老虎，殺掉牠，必然獲得刺殺雙虎的名聲。」卞莊子一想，這人說得對呀！於是他就站在旁邊等著。不久，兩隻老虎果然打了起來，一死一傷。卞莊子追上受傷的老虎，殺死了牠，一舉獲得了殺死雙虎的功勞。

● 成語釋義

「一舉兩得」的意思是：做一件事，可取得兩種好處。

● 我會造句

小斑馬練習跑步時，都是從自己家跑到祖母家。這樣既鍛煉了本領，又探望了祖母，真是一舉兩得！

● 做一做

在下面的（　）內各填上一個字，令它們既和前面及後面的三個字各組成一個成語，而它們本身又是中國的一個省名或市名，「一舉兩得」。

1. 見多識（　）（　）山再起　　2. 低三下（　）（　）流不息

3. 天外有（　）（　）津樂道　　4. 聲東擊（　）（　）居樂業

濫竽充數

王　玉　編寫

朱世芳　繪圖

　　兩千多年前的戰國時期，齊國有個國君
叫齊宣王，特別喜歡聽音樂。

　　他最喜歡聽的樂器，叫做竽（粵音如）。
竽的樣子好像一個大煙斗，「煙斗」上面又
插着很多細細的竹管。別看它樣子怪怪的，
吹奏出來的聲音卻非常渾厚好聽。

齊宣王太喜歡聽吹竽了，他想組織一隊三百人的大樂隊，讓大家一起吹竽給他聽。於是，他讓人貼出告示，徵召會吹竽的樂手，待遇非常優厚。

告示一貼出來，很多會吹竽的人都躍躍欲試。

城南邊的南郭先生，也動起了心思。這個南郭先生，平時遊手好閒，不學無術，根本不會吹竽。但是他見到國王樂師的待遇這麼優厚，就決定去報名，碰碰運氣。

面試那天，人山人海。報考的人太多了，考官就讓幾個人一起，一批一批來演奏。南郭先生排在隊伍裏等着，他東瞧瞧，西看看，觀察人家吹奏時的樣子，自己暗暗模仿。

輪到南郭先生了，只見他學着人家的樣子，一會兒搖晃身體，一會兒閉眼歪頭，抱着竽「吹」得十分認真。沒想到，竟然真的蒙混過關了。

就這樣，南郭先生成了國王
的樂師，每天都混在三百人的大
樂隊裏「演奏」。他搖頭晃腦，臉
上裝出一副陶醉在音樂中的樣子，
給齊宣王「吹」竽，從來沒露過什麼
破綻。

　　這樣過了好幾年，南郭先生天天和
大家一樣拿着豐厚的報酬，心裏高興極了。

可是好景不長，齊宣
王去世後，他的兒子齊閔
（粵音敏）王繼承了王位。齊
閔王也愛聽吹竽，可是他不喜
歡聽大合奏，於是他下令說：「從
今以後，我要讓樂師一個一個吹竽給我聽。」

　　樂師們聽到這個消息，都積極練習，想一展身
手。只有南郭先生急得像熱鍋上的螞蟻，愁眉苦臉
的，不知道怎麼辦才好。

南郭先生想來想去，覺得這次肯定不能蒙混過去，只好連夜收拾行李，偷偷地逃走了。

寓言一點通

我愛接龍

濫竽充數一數二話不說三道四面八方寸大亂世英雄心萬丈

● 典故出處

「濫竽充數」出自《韓非子·內儲說上》。

這個典故是這樣的：齊宣王想聽人吹竽，他喜歡聽合奏，要求一定要三百個人一起吹。南郭先生不會吹竽，他也跑去請求加入合奏隊，齊宣王非常高興，給了他很豐厚的酬勞。齊宣王死後，他的兒子齊閔王繼位，齊閔王也喜歡聽竽，與齊宣王不同的是，他不喜歡聽合奏，而是喜歡讓樂師一個一個單獨地吹奏給他聽。南郭先生知道後，趕緊逃走了。

● 成語釋義

「濫竽充數」比喻沒有真實的本領，混在行家隊伍裏充數。也比喻以次充好。

● 我會造句

小花豬不會唱歌，他**濫竽充數**地混在合唱團裏，最後被斑馬老師發現了，小花豬很羞愧。

● 做一做

請從以下幾個詞語中找出四個有關連的詞語，並由此猜出一個成語。

1. 南郭先生　　2. 獨奏　　3. 東郭先生
4. 合奏　　　　5. 狼　　　6. 吹竽

葉公好龍

王　玉　編寫

朱世芳　繪圖

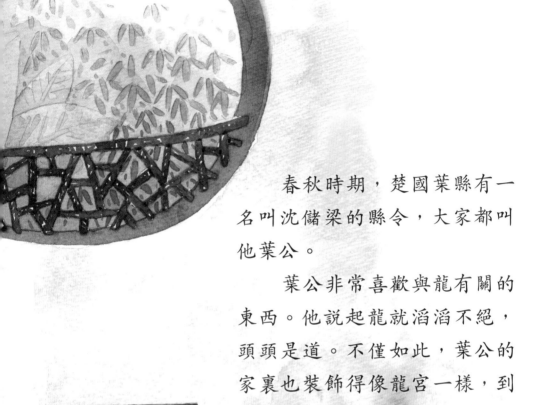

春秋時期，楚國葉縣有一名叫沈儲梁的縣令，大家都叫他葉公。

葉公非常喜歡與龍有關的東西。他說起龍就滔滔不絕，頭頭是道。不僅如此，葉公的家裏也裝飾得像龍宮一樣，到處都可以看到龍的圖案！

　　屋裏凡是雕刻花紋的地方全都雕着龍。酒具、
盤子上也刻着龍，葉公的衣服上繡着龍，就連睡覺
的時候，他都要枕着印有龍紋的枕頭。

　　葉公喜歡龍的事情慢慢傳開了。終於有一天，
住在天上的真龍也知道葉公喜歡龍的事情。

　　龍很感動，心想：真沒想到有人這麼喜歡我，
我得去他家裏看看他！

　　於是龍飛出龍宮，向人間飛去。

　　龍來到葉縣，在空中遠遠一望，他看到一戶人
家大門前的石柱子上，雕刻了一條大龍，龍身盤繞
着柱子，龍頭高高抬起，瞪着眼，張着嘴。

　　屋頂上，也有一對大龍，面對面，正在搶一顆
龍珠。花園裏面，就更多啦！石頭上、牆壁上、台
階上都描繪着「龍」的圖案。這一定是葉公的家！

　　龍把頭搭在窗台上，往裏一看，果然看到一個
人坐在椅子上。龍咧開大嘴巴，朝他笑着打招呼：
「喂，你好啊！」

　　葉公正在廳裏喝茶，忽然看到一個大大的龍頭從窗外伸進來，還有一條長長的尾巴甩到廳堂裏，嚇得跳起來就往外跑，邊跑邊喊：「救命啊！救命啊！有怪物啊！」

　　龍很委屈，説：「你怎麼説我是怪物呢？我是你最喜歡的龍呀！」

　　葉公嚇得全身發抖，説：「我喜歡的是像龍的假龍，不是真的龍！救命呀！」説完頭也不回地逃走了。

　　龍又傷心又失望，搖搖頭説：「人啊，真是口是心非。嘴上説喜歡，其實根本是假的嘛！」龍只好歎着氣飛回天上去了。

我愛接龍

葉公好龍騰虎躍然紙上下齊心口不

● 典故出處

「葉公好龍」出自西漢劉向的《新序‧雜事五》。

《新序‧雜事五》中寫道：葉公很喜歡龍，他的衣帶鈎上刻着龍，家裏的酒壺、酒杯畫着龍，就連房檐上也雕刻着龍的圖案。天上的真龍知道後，來到了葉公家，把龍頭搭在葉公家的窗台上，龍尾伸進了廳堂裏。葉公看到真龍，嚇得臉色蒼白，轉身就跑。原來，葉公並不是真的喜歡龍，他喜歡的只是那些像龍又不是龍的東西。

● 成語釋義

「葉公好龍」比喻表面上顯得喜愛某事物，實際上並不是真正喜愛。

● 我會造句

小豬説他喜歡鋼琴，媽媽便買了一架鋼琴給他，並送他去學琴，但他卻不願意去，媽媽説他這是**葉公好龍**。

● 做一做

右邊的成語和左邊哪一個意思相同？把它們連起來。

1. 形容勢均力敵，競爭激烈。●　　　　　● a. 龍潭虎穴

2. 形容力量大，本領高。●　　　　　● b. 龍爭虎鬥

3. 比喻險惡的地方。●　　　　　● c. 降龍伏虎

一字千金玉良言而無信

146

老馬識途

王美冬　編寫

秦建敏　繪圖

春秋時期，北方有一個少數民族叫山戎（粵音容），常常侵略燕國。這一年，山戎族又派兵衝入燕國，他們搬走糧食、拖走牲畜、搶奪財產，燕國城中一片混亂。

在這之前，燕國也曾多次與山戎族的軍隊交戰，但都失敗了。燕國的國王沒有辦法，只好派使者火速趕往齊國，向齊桓（粵音緩）公求助。

　　齊桓公得知這個消息後，非常生氣。丞相管仲説：「山戎族一次又一次破壞中原的安定，我們一定要把他們收服！」

　　「你説得對！」齊桓公點了點頭，他很贊成管仲的看法，立即親自帶兵去救燕國。

　　齊軍中的將士作戰經驗豐富，個個都是精兵良將，山戎族的軍隊很快就敗下陣來。

　　齊桓公帶着士兵一路追去，一直追到令支*。齊軍包圍了令支。最後，山戎族的軍隊支持不住，齊軍佔領了令支城。

＊令支：河北省東部的遷安市、遷西縣和灤縣北部這一片地域，古時候被稱
　　為「令支」。春秋時期被山戎族統治。

　　齊軍逼近，山戎族的首領密盧急得像熱鍋上的螞蟻，他心想：如果我們還留在城裏，一定會被俘虜的，還是「走為上策」吧！於是，他喬裝打扮，趁着城中混亂，逃到臨近的孤竹國。

　　孤竹國的首領答里呵熱情地接待了密盧，密盧對答里呵說：「孤竹和山戎應該互相扶持，現在齊國攻佔了我的領地，請您一定要幫我報仇啊！」答里呵答應了。

　　齊桓公猜到密盧一定是
逃到孤竹請救兵去了，他帶着
軍隊直奔孤竹。

　　答里呵派出黃花元帥迎
戰齊軍，但黃花元帥也不是齊
軍的對手，還沒交戰幾個回
合，就狼狽地逃了回來。

黃花元帥戰敗，答里呵覺得很沒面子，大發雷霆。這時，一位大臣獻計說：「北方有個地方叫迷谷，人只要走進去，就出不來，不如……」

　　「這個主意很好！」答里呵覺得這個「妙計」很不錯，他高興地對黃花元帥說：「你先假裝投奔齊桓公，然後再實行後面的計劃。」

　　黃花元帥來到齊軍的軍營。他跪在齊桓公面前，假惺惺地邊哭邊說：「我打了敗仗，國王要殺我，我願意為齊軍帶路，殺進孤竹國。」

　　齊桓公相信了他。

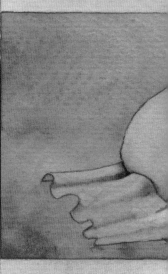

齊桓公帶着軍隊向孤竹出發，由黃花元帥帶路。
黃花元帥故意把齊軍帶到「迷谷」，這裏是一片大沙
漠，齊軍才轉了幾個
彎，就迷失了方向。
到處都是一片黃沙，
根本分辨不出方向。

這時，有士兵來報告：「黃花元帥不見了！」齊
桓公這才知道上了當。

太陽下山，天很快黑下來，四周寒風凜冽，士兵們凍得全身發抖。好不容易捱到天亮，齊桓公一看，軍隊損失慘重，士兵們有的被凍死，有的被凍傷，有的被風沙埋沒……

再這樣下去，大家都會凍死在這裏。齊桓公叫丞相管仲一起商量對策，管仲想了想，說：「曾經有個老說法，年老的馬即使到了陌生的地方，也能找到回家的路。」

「真的嗎？那我們趕快試試！」齊桓公連忙叫士兵找來幾匹老馬，解下牠們身上的韁繩，隨牠們自己走動。

只見幾匹老馬都慢慢地向同一個方向走，齊桓公讓大家跟在後面，果然找到來時的路，走出了迷谷。

齊軍就這樣靠「老馬識途」死裏逃生，脫離了險境。

老馬識途窮日暮暮朝朝三暮四方八面不改色彩繽紛亂無序

寓言一點通

● 典故出處

「老馬識途」出自《韓非子‧說林上》。

這個典故是這樣的：齊桓公是春秋時齊國的國君，有一年，丞相管仲跟隨齊桓公去攻打孤竹國。軍隊出發的時候是春天，等到凱旋歸來的時候，已經是嚴寒的冬季了。四周的草木都變了樣，大隊人馬在山谷裏迷了路。這時，管仲說，老馬是能認路的，可以利用老馬識路的本領來找到回去的路。於是，大家放開老馬，讓牠們自由走動，軍隊跟在後面，果然找到來時的路。

● 成語釋義

「老馬識途」比喻閱歷多、經驗豐富的人能看清方向，辦事熟練。

● 我會造句

小白兔在森林裏迷了路，護林員山羊爺爺**老馬識途**，對森林裏的環境最熟悉，一下子就幫小白兔找到回家的路。

● 做一做

下面的動物迷路了，請把牠們放進適當的橫線上，組成一個正確的成語。

> 虎　象　雞　龍　羊　兔

1. 呆若木＿＿＿＿　　　2. 順手牽＿＿＿＿　　　3. 生龍活＿＿＿＿

4. 盲人摸＿＿＿＿　　　5. 守株待＿＿＿＿　　　6. 葉公好＿＿＿＿

望梅止渴

王美冬　編寫

秦建敏　繪圖

　　東漢末年，曹操率領軍隊去攻打張繡。大隊人馬浩浩蕩蕩地向西北方前進，士兵們一個個鬥志昂揚。

當時正是夏天，天氣非常炎熱。大地被太陽烤得滾燙，士兵們就像走在炭火上一樣，每走一步都很辛苦。

這個時候，多想喝上一口清涼的水啊，可是，大家帶的水早就喝完了，附近只有荒山野嶺，一滴水也找不到。

　　士兵們已經連續趕了幾天路，前進的速度越來越慢。再加上沒有水喝，原本精神抖擻的士兵，現在一個個都沒精打采的，嘴唇乾得裂開，鮮血直流。

每往前走一段路，就有幾個士兵中暑倒下。

一位將領對曹操說：「大人，再這樣下去，不用走到西北，軍隊裏就剩不下幾個人了！我們必須想個辦法啊！」

當大部隊再一次停下來休息的時候，曹操獨自一人騎着馬，衝上一個較高的山頭。他四處遠眺，突然，他眼前一亮，前方竟然有一片樹林，有樹林的地方就應該能找到水源，他高興極了。

曹操回頭看了看坐在地上休息的士兵們，又發起愁來。雖然找到樹林，可是大家已經筋疲力盡了，怎樣才能讓士兵們堅持走到前面的樹林去呢？

很快，曹操就想出一個好主意。只見他揚起馬鞭，指着前方不遠的地方，對着將士們大喊：「快看啊，前面有一片樹林，你們知道那是什麼樹嗎？」

　　士兵們沒精打采地抬起頭來，一
個士兵小聲嘀咕：「樹林有什麼用，
我們需要的是水啊。」

　　曹操見大家沒什麼反應，接着喊
道：「那是梅子樹啊，樹上的梅子結
得真大，看上去酸溜溜的，吃進嘴裏
一定會酸得直流口水吧！」

這下士兵們都來了精神，眼睛裏頓時又有了光采。一想到馬上就能吃到酸溜溜的大梅子，大家都忍不住流出口水來，乾渴的喉嚨也舒服多了。

　　雖然沒找到水，但是只要趕到前面的梅子林，酸溜溜的梅子就足夠給他們解渴了。

　　有的士兵趕緊站起來向前張望；有的已經迫不及待地向前跑。很快，大家都紛紛向曹操說的那片樹林跑去。

　　士兵們跑到那片樹林一看，哪裏有什麼梅子呀，只是一片普通的樹林而已，大家都很失望。

　　一個士兵說：「雖然這裏沒有梅子，但是剛才想到梅子時，我們的嘴裏溢滿了口水，已經緩解了乾渴啊！」大家都明白曹操的良苦用心，不再抱怨了。

　　曹操命人在四周尋找水源，很快就找到水源了，將士們歡呼起來。

　　士兵們喝飽水，又儲備了許多水，順利地到達了目的地。曹操就這樣用「望梅止渴」的妙計，帶領大家度過難關，從此士兵們對他更加敬佩了。

我愛接龍

望梅止渴而穿井水不犯河水落石出

●典故出處

「望梅止渴」出自《世說新語》。

《世說新語》是南朝時一部筆記小說集，是當時的文學家劉義慶組織人們編寫的，裏面講了很多有趣的小故事，而本篇就是其中一個故事。

故事講述曹操在一次帶着大部隊行軍的途中，軍隊錯過了水源，士兵們很久沒喝水，乾渴難忍，走得越來越慢。怎麼辦呢？曹操靈機一動，傳話說：「前面有一片梅子林，結了很多梅子，又酸又甜，可以幫我們解渴啊！」士兵們一聽，都流出口水，緩解了乾渴。曹操抓緊機會，帶着士兵們找到有水源的地方。

●成語釋義

「望梅止渴」形容憑着空想或假象來安慰自己。

●我會造句

小猴子的牙蛀了，媽媽不讓他再吃糖。小猴子在紙上畫了幾粒糖，盯着它們直流口水，真是**望梅止渴**啊！

●做一做

下面右邊的食物可放進左邊的哪個成語中？請把它們連起來。

1. 火中取（　）　•　　•　a. 粟

2. 孔融讓（　）　•　　•　b. 餅

3. 畫（　）充飢　•　　•　c. 栗

4. 滄海一（　）　•　　•　d. 梨

神入化為烏有口無心口不一

狐假虎威

話小屋　編寫
陳澤新　繪圖

一天，一隻飢餓的老虎在深山老林裏散步，想找點東西吃。

老虎遇見一隻小兔子，就追了上去，可是小兔子跑得太快，老虎沒追上。

後來，他又遇見兩隻小松鼠，可是小松鼠太機靈了，他還是沒追上。

其他的小動物遠遠地一見到老虎，也都嚇得趕緊藏起來或跑掉了。

　　一隻狐狸剛出家門，一不小心
被老虎抓住了。老虎高興地說：「哈哈，
送上門的午餐真不錯呀，我可以好好地吃
一頓了。」

　　狡猾的狐狸眼珠子骨碌一轉，計上心來。

　　狐狸故作鎮靜，咳嗽了一聲，對老虎說：
「你敢！快放了我，否則我對你不客氣！」

　　老虎愣了一下，問：「我抓了你，就是要
把你當午餐，為什麼不能吃你？」

狐狸神氣地說：「難道你不知道我是誰嗎？我是天帝派來的森林之王，你要是吃了我，天帝不會饒恕你的。」

老虎對狐狸的話半信半疑，但也不敢貿然把狐狸吃了，心想：看狐狸囂（粵音僥）張的樣子，可能還真有點本領。

於是老虎問：
「你說天帝讓你來當森林之王，那你怎樣證明你是森林之王呢？」

狐狸趕緊說：「如果你不相信我的話，可以跟我到山林中走一走，這樣你就知道我究竟是不是森林之王了。」

　　老虎心想，這也是個好辦法，於是就讓狐狸在
前面帶路，自己跟在後面。他們一起向山林深處走
去。

　　森林中的野兔、山羊、花鹿、黑熊等各種小動
物，遠遠地就看見了狐狸背後的老虎，一個個都嚇
壞了，大家趕緊四處逃竄 (粵音串)。

老虎看到這個情景，以為狐狸真的是天帝派來
的，於是趕緊給狐狸賠禮道歉：「啊，剛才真對不
起您了！」

　　狐狸洋洋得意地對老虎説：「這回你知道誰是森林之王了吧，以後見到我就躲遠一點，否則別怪我對你不客氣！」

　　老虎不敢作聲，趕緊彎着腰溜走了。

我愛接龍

狐假虎威武不屈指可數一數二話不說

• 典故出處

「狐假虎威」出自《戰國策》。假是憑藉的意思。

楚宣王問大臣們：「聽說中原地區的諸侯都很害怕我們國家的令尹（當時的一種官名）昭奚（粵音兮）恤，他很威風，真的是這樣嗎？」大臣們沒人回應，只有江一說話了，他向楚王講了這個「狐假虎威」的故事，還說：「現在，大王您擁有五千里江山，而您的百萬雄師，都歸昭奚恤掌管。所以說，北方人民畏懼他，完全是因為大王的兵權掌握在他的手裏，也就是說，他們畏懼的其實是大王您的軍隊呀！就像百獸畏懼老虎一樣。」

• 成語釋義

「狐假虎威」比喻倚仗別人的威勢嚇唬、欺壓別人。

• 我會造句

有獅子爸爸在身後，小獅子**狐假虎威**、大搖大擺地走在叢林裏，威風極了。

• 做一做

給下面的成語填上一種動物名稱，構成一個含虎字的成語。

> 狼　犬　蛇　龍　熊　牛

1. 九＿＿二虎　　2. ＿＿騰虎躍　　3. 如＿＿似虎

4. 虎頭＿＿尾　　5. 畫虎類＿＿　　6. 虎背＿＿腰

三道四面八方寸大亂

井底之蛙

話小屋　編寫

陳澤新　繪圖

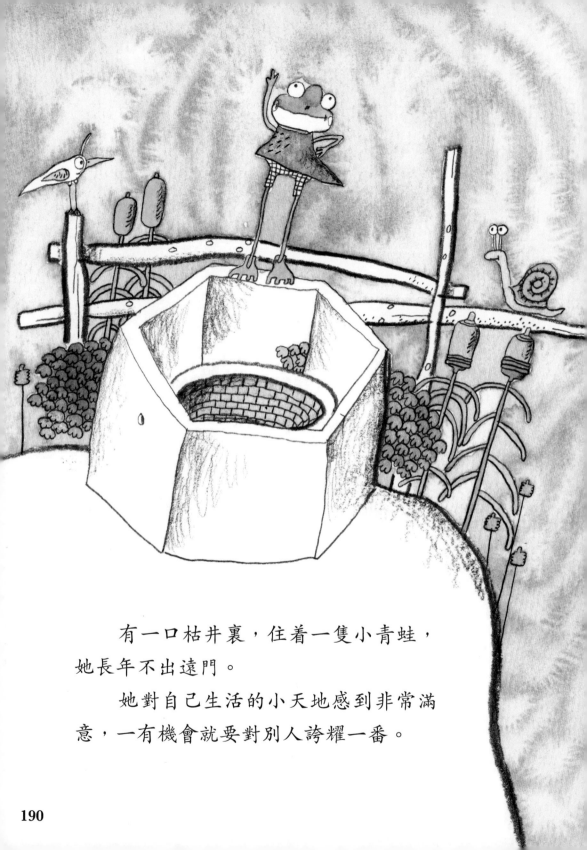

有一口枯井裏，住着一隻小青蛙，
她長年不出遠門。

她對自己生活的小天地感到非常滿
意，一有機會就要對別人誇耀一番。

有一天，小青蛙剛剛吃飽飯，坐在井欄旁休息。
忽然，她看見不遠處有一隻大海龜朝井邊走過來。

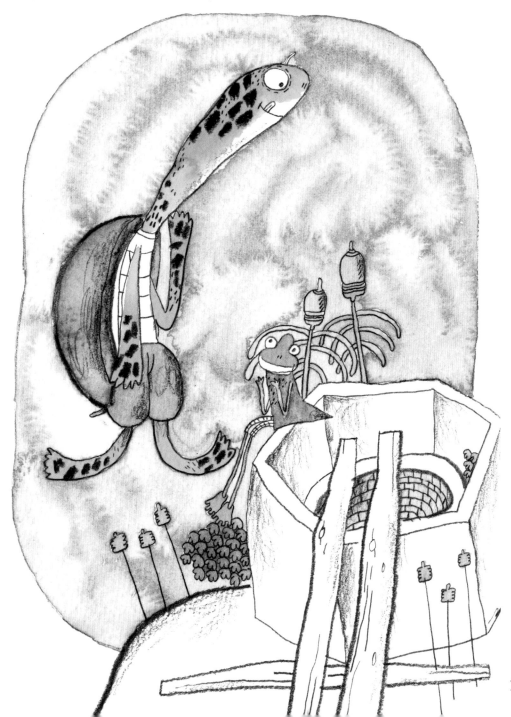

小青蛙趕緊大聲叫喊:「喂,海龜大哥你好,快過來呀!」

海龜聽到有人叫他,就順着聲音爬到了枯井旁邊。

　　小青蛙一見到海龜，立刻神氣起來，
說：「海龜大哥，你今天來得正好，我帶
你開開眼界吧，參觀一下我的住處。我這
裏比玉皇大帝住的宮殿還漂亮呢！你肯定
從未見過這麼寬敞的地方。」

　　於是，海龜探頭往井裏看了看，只見淺淺的
井底積了一汪長滿綠苔（粵音台）的泥水，一股撲
鼻的臭氣把海龜熏（粵音分）得差點暈了過去。

　　海龜捂住鼻子，趕緊往後退了兩步。

　　不過，小青蛙根本沒注意到這些，她還挺着大肚子繼續吹噓：「住在這裏太享受了。傍晚，我跳到井欄上乘涼；夜裏，我鑽進井壁的窟窿裏睡覺。我想游泳就游泳，想洗泥浴就洗泥浴。你說，那些螃蟹、蝌蚪什麼的，怎能跟我比呢！」

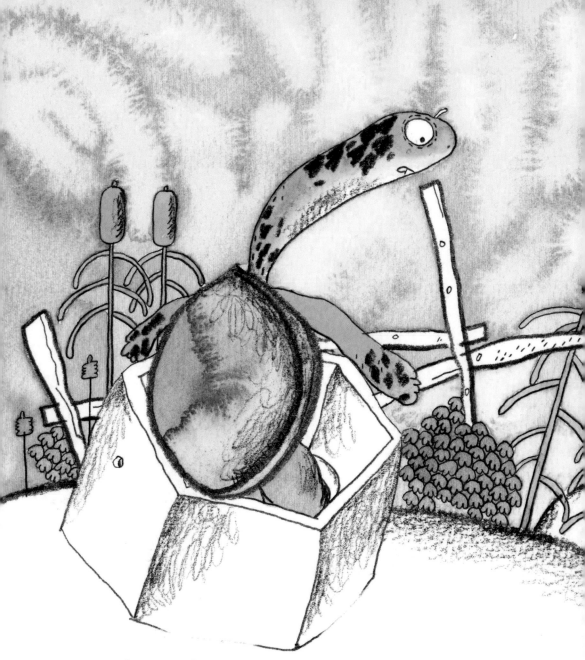

青蛙噴着口水花，越說越得意：「你看，這一
大口井，都是我一個人的！我愛怎麼樣就怎麼樣。
我生活得太有樂趣了。海龜大哥，難道你不想進去
參觀一下嗎？」

　　看到小青蛙這麼熱情好客，海龜不好
意思推辭。於是，他忍住井裏撲鼻的臭氣，
想爬進去。

　　可是，他的左腿只能伸大半截進井口，
右腿的膝蓋亦被窄小的井欄卡住了。

海龜費了很大力氣，好不容易才把腿從狹窄的井欄和井口中弄出去。

海龜問青蛙：「你聽說過大海嗎？」青蛙搖了搖頭。

海龜說：「大海無邊無際，它的廣闊用『千里』也難以形容，它的深度用『萬丈』也難以丈量。據說，大禹做國君的時候，十年中有九年都暴發洪水，海水也沒有加深；商湯統治的年代，八年中有七年都乾旱，海水也沒有減少。」

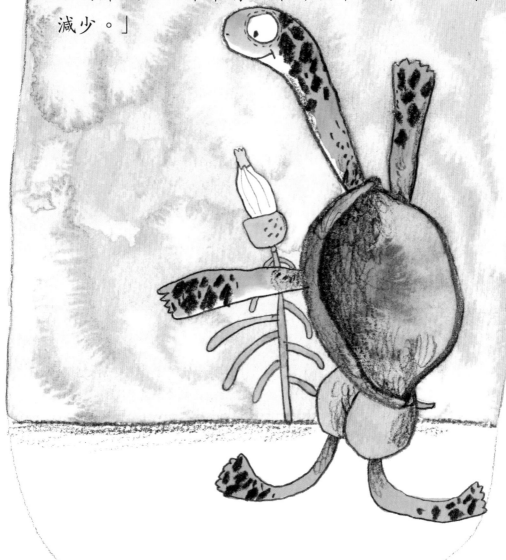

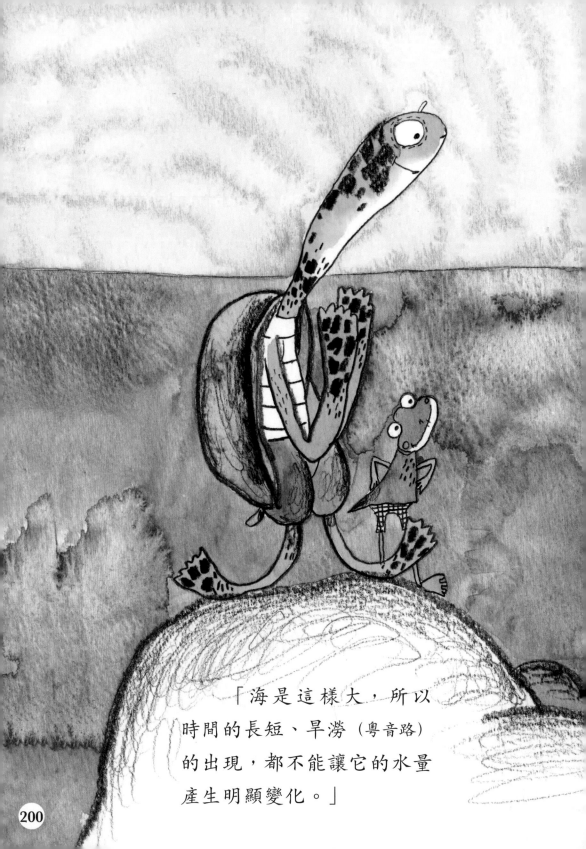

「海是這樣大，所以
時間的長短、旱澇（粵音路）
的出現，都不能讓它的水量
產生明顯變化。」

海龜繼續説：「青蛙妹妹，我就在大海中生活。你覺得，大海跟你住的這口枯井比起來，哪個天地更開闊，更有樂趣呢？」

　　青蛙聽了海龜對大海的描述，吃驚地瞪着圓圓的眼睛，滿臉漲得通紅，半天也説不出一句話來。

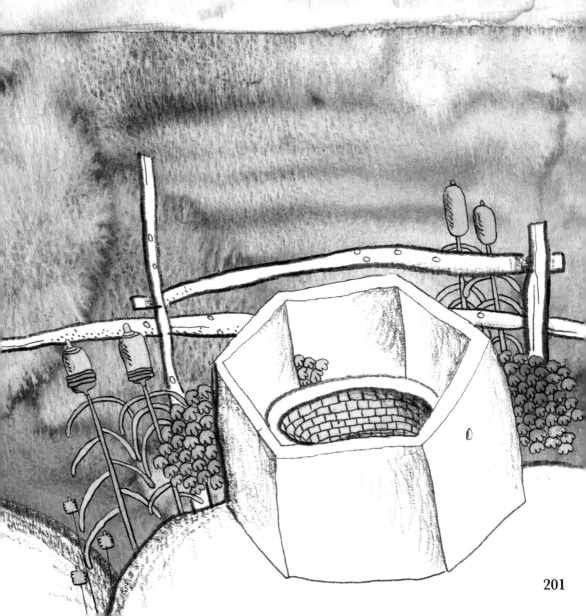

● 典故出處

「井底之蛙」出自《莊子‧秋水》。

住在井底的青蛙對海龜說:「我非常快樂!我獨佔一坑水,一口井,在這裏想跳就跳,這是最大的快樂啊,你為什麼不常來參觀呢?」海龜聽了以後,就對井底的青蛙描述了大海的情形:「海水的廣闊不能用千里來形容,深度不能用萬丈來丈量,無窮無盡,不會因為時間變化而改變,也不會因為雨水的多少而有所增減,這就是無限廣闊的大海的快樂。」青蛙聽得驚呆了,終於意識到自己的渺小。

● 成語釋義

「井底之蛙」是指井底的青蛙只能看到井口那麼大的一片天,比喻見識短淺,思路狹窄的人。

● 我會造句

鵝媽媽鼓勵小鵝:「我們要多出去走一走,觀察外面的世界,就不會像**井底之蛙**一樣目光短淺了。」

● 做一做

在下面有英文字母的格子裏填上適當的字,令它們橫看、直看都是成語。

a.	高	自	b.
欺			庭
欺			廣
c.	多	勢	d.

井底之蛙聲一片甲不留連不捨近求

自相矛盾

魏亞西　編寫
朱世芳　繪圖

很久很久以前，
在楚國發生過這樣的
一個故事……

　　這天是趁集*日，市集上熱鬧極了，叫賣聲此起彼伏。小虎跟着哥哥大虎來趁集，東跑西看，興致勃勃。

　　忽然，在一羣人中間，有一陣響亮的吆（粵音腰）喝聲傳來：「賣兵器啊，天下最好的兵器啊！」小虎眼睛一亮，拉着哥哥鑽到人羣裏面。

＊趁集：到市集上買賣東西。

只見一個小販拿著一把長矛，正在誇讚：「大家看這把長矛！是用最好的竹子做的，又結實又有彈性！」

小販接著說：「再看這矛頭，多亮，多鋒利！你要是拿這根矛去扎盾牌，保證一扎一個窟窿！」

大家一看，這矛頭果然閃閃發亮！

　　沒等大家細看，小販放下長矛，拿起地上的盾。這是一面大盾，表面刻成獸頭的模樣，四周雕上精美的花紋，再塗上油漆，看起來威風凜凜。

　　小販得意地說：「大家再看這面盾，用的是上百年的木頭，厚墩墩的，非常結實！拿著這面盾，你就放一百個心吧，再厲害的矛，也刺不穿我這盾！」

大家被他說得心動了，紛紛讚歎起來。好多人都圍上去，想仔細看看這矛和盾，還有心急的人已經開始問：「你這矛和盾賣多少錢？」

只有大虎沒有湊上去看，反而笑着搖了搖頭。小虎見了很奇怪，想了一想，他也忍不住「撲味 (粵音痴)」一下笑出聲來。

　　小販聽見有人笑，生氣了，問：「你笑什麼？」

　　周圍的人一看，是一個小孩子，就說：「小孩子，別搗亂！」小虎一挺胸脯，大聲說：「我才不是搗亂呢！是這個人說的話有問題！」

　　小販更生氣了：「我說的話有什麼不對？」
　　「你說自己的矛什麼都能刺穿？」「對呀。」
　　「你又說你的盾牌什麼都能擋住？」「沒錯！」
　　小虎笑着說：「如果用你的矛刺你的
盾呢？結果會怎樣？」

「啊！這個⋯⋯」
小販張口結舌，答不出
來了。

　　周圍的人一想，都明白了，忍不住哈哈大笑起來。

　　大虎說：「其實，你的矛和盾都不錯，可是你這樣吹噓，就太假了。你想想你自己前後說的話，這不是自相矛盾嗎？」

　　小販窘（粵音困）得臉都漲紅了……他扛着矛，拿着盾，灰溜溜地鑽出人羣，走遠了。

寓言一點通

● 典故出處

「自相矛盾」出自《韓非子‧難一》。

這個典故是這樣的:楚國時,有一個賣貨的商人,他既賣矛,也賣盾。他誇自己的盾說:「我的盾很堅固,什麼武器都刺不破它。」他又誇自己的矛說:「我的矛天下第一鋒利,沒有什麼東西是它穿不透的!」有人問他:「如果用你的矛去刺你的盾,結果會怎樣呢?」商人頓時啞口無言。

● 成語釋義

「自相矛盾」比喻言行前後抵觸。

● 我會造句

樂樂昨天還說最不喜歡紅色,今天就穿了一件紅色的小背心,真是**自相矛盾**呀!

● 做一做

下面的成語中缺了兵器的名稱,請把它寫出來。

1. 刻舟求 ＿＿＿＿

2. 左右開 ＿＿＿＿

3. 歸心似 ＿＿＿＿

4. 唇 ＿＿＿＿ 舌 ＿＿＿＿

5. 大 ＿＿＿＿ 闊 ＿＿＿＿

6. 杯 ＿＿＿ 蛇影

我愛接龍

自相矛盾牌照顧名思義不容辭不達意氣用事在人為虎作倀

杯弓蛇影

魏亞西　編寫

朱世芳　繪圖

　　從前，有個做官的人叫樂廣。他性格
豪爽，喜歡結交朋友，常常擺下宴席，請
朋友來飲酒吃飯。

　　一天，他又請人來喝酒了──這人是他手下的一個官員，叫杜宣。

　　樂廣喜歡喝酒，喝得興起，便會不停地勸對方：「你也喝呀……來，再來一杯！」

　　杜宣拿起酒杯，正準備喝酒，忽然，他驚異地盯着杯子裏的酒，呆住了。

樂廣很奇怪：「你怎麼不喝呀？這可是上等的好酒……真不喝啊？太不給面子了！我自己喝！」

樂廣舉起杯子，一口喝光了。杜宣一看，臉色更白了，咬咬牙也拿起杯子，一口喝掉了。

樂廣哈哈大笑：「這就對了嘛！」

杜宣喝了這杯酒後，坐立不安，沒多久就向樂廣告辭。樂廣很奇怪，可是看他臉色蒼白，好像很不舒服的樣子，就同意了。

　　自從那天一起喝酒以後，樂廣一直沒有再見到杜宣。派人去打聽才知道，原來杜宣回去後就病了，一直臥牀在家。

　　樂廣急忙去探望杜宣，樂廣問：「你怎麼喝完酒就病了呢？」杜宣支支吾吾，樂廣着急了：「快説是怎麼回事。」

　　杜宣這才説出了原因：「那天，我剛想喝酒，突然看到酒杯裏有一條小蛇，您一直在勸酒，我只好硬着頭皮把酒喝了。回家以後，我老覺得肚子裏有一條蛇在亂竄，就病倒了。」

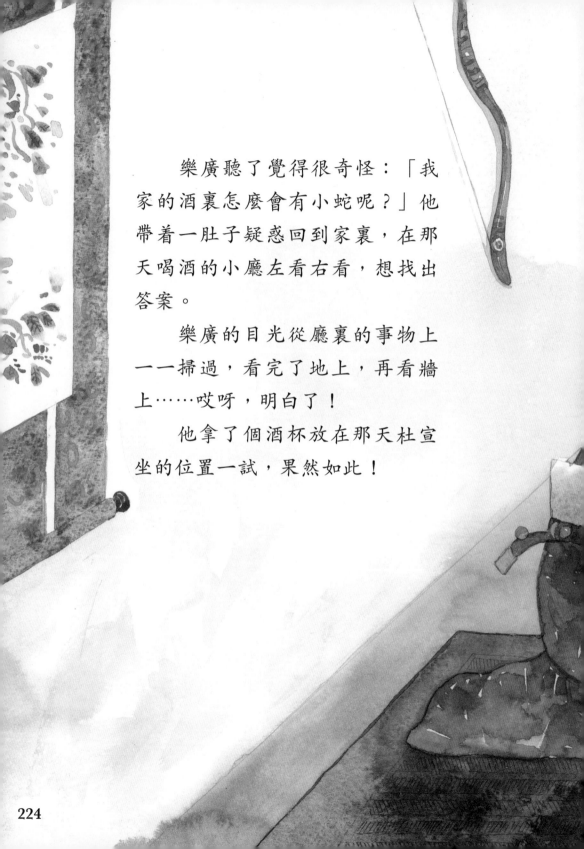

　　樂廣聽了覺得很奇怪：「我家的酒裏怎麼會有小蛇呢？」他帶着一肚子疑惑回到家裏，在那天喝酒的小廳左看右看，想找出答案。

　　樂廣的目光從廳裏的事物上一一掃過，看完了地上，再看牆上……哎呀，明白了！

　　他拿了個酒杯放在那天杜宣坐的位置一試，果然如此！

樂廣馬上派人把杜宣接來，還讓他坐在那個位置上，又在他面前放上一杯酒。杜宣一看，驚叫起來：「就是這條蛇！」

　　樂廣大笑：「哪兒有蛇啊，你回頭看看！」

　　杜宣回頭一看，牆上掛着一把弓；再看酒杯，原來，杯子裏是這把弓的影子啊！酒液晃動，影子跟着動，就被他當成了游動的小蛇。

這下輪到杜宣不好意思了。現在事情弄清楚了，他心裏再也不害怕，肚子也不疼了，端起那杯酒，一飲而盡。

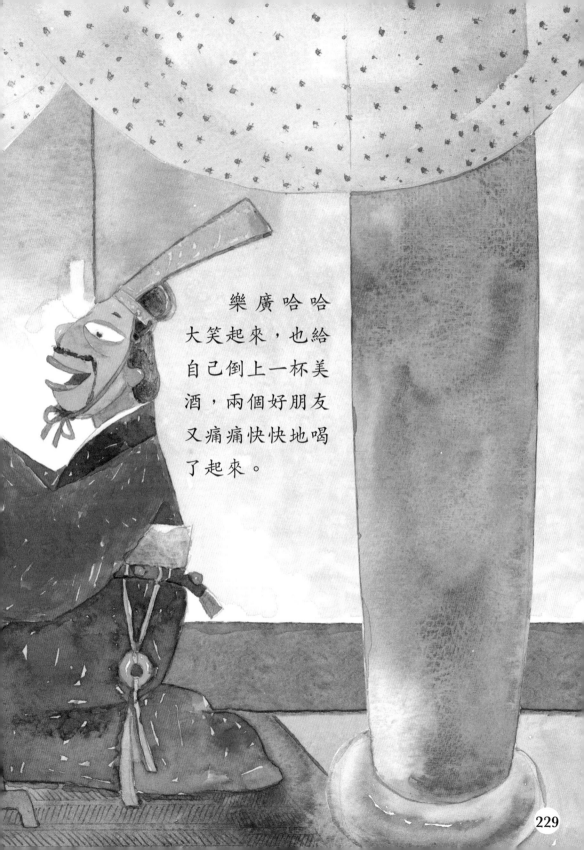

樂廣哈哈
大笑起來，也給
自己倒上一杯美
酒，兩個好朋友
又痛痛快快地喝
了起來。

寓言一點通

● 典故出處

　　「杯弓蛇影」的典故在東漢應劭（粵音兆）所著的《風俗通義》和唐代修撰（粵音賺）的《晉書·樂廣傳》裏都有記載。

　　這個典故是這樣的：客人喝酒時，看到酒杯裏有一條小蛇，硬着頭皮喝完酒後，總覺得肚子裏有一條小蛇在游動，於是日夜擔心害怕，終於病倒了。請客喝酒的主人聽說這件事後，回到家裏，找出了事情的真相。原來，酒杯裏的小蛇，是掛在牆上的弓在酒杯裏倒映出來的影子。客人知道真相後，病很快就痊癒了。

● 成語釋義

　　「杯弓蛇影」比喻疑神疑鬼，自相驚擾。

● 我會造句

　　老鼠奇奇是老鼠村裏最膽小的老鼠，他總是**杯弓蛇影**，自己嚇唬自己。

● 做一做

　　請在下面的橫線上填上適當的字，把成語中走失了的動物找回來。

　　1. 渾水摸＿＿＿　　2. 放＿＿＿歸山　　3. 一石二＿＿＿

　　4. 守株待＿＿＿　　5. 車水＿＿＿龍　　6. 如＿＿＿得水

杯弓蛇影 影綽綽 綽綽有餘 餘音繞樑 樑上君子 子虛烏有 有機可乘 乘人之危

鷸蚌相爭

林玉萍 編寫
高　晴 繪圖

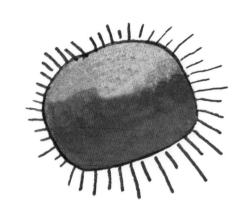

傳説，鷯鳥和翠鳥都住在森林的河邊。他們每天都伴着清晨的第一縷陽光，結伴飛向蔚藍的天空，直到傍晚才回來。

一天，鷸鳥在河邊發現一條大魚，「多鮮美的魚啊！我要好好吃一頓。」鷸鳥偷偷把魚叼到一邊。正巧被翠鳥看見了，他也趕緊跑過來，想吃一口。可是，鷸鳥不肯相讓，他們拚命地爭奪起來。

這一幕被河邊的漁翁看見了，他悄悄走過來，趁鷸鳥和翠鳥不注意，猛地用魚叉刺向大魚。不過，漁翁沒有刺中魚，反倒驚動了鷸鳥，鷸鳥慌忙叼起大魚，拚命地逃進了樹林裏。

沒分到魚的翠鳥，氣哼哼地在河邊走來走去，「這算什麼好朋友啊！分明是見利忘義。等我有了好東西，我也不給你。」翠鳥正想着，突然看見一條泥鰍（粵音秋）正悠閒自在地從河那邊游過來。

翠鳥悄悄俯下身，等泥鰍靠近，猛地用尖嘴啄下去。可是泥鰍身上滑溜溜的，再加上他拚命地掙扎，翠鳥費了好大力氣，泥鰍還是從他嘴裏滑落下來。

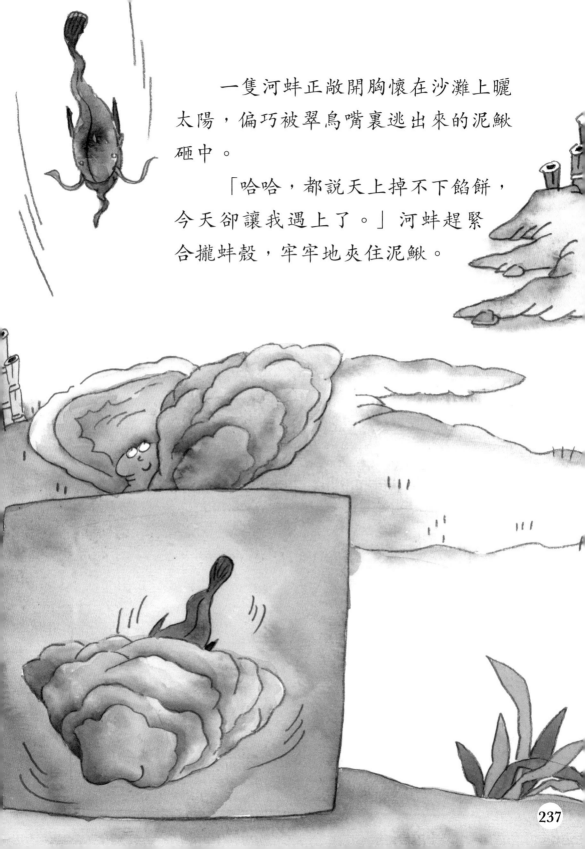

　　一隻河蚌正敞開胸懷在沙灘上曬太陽，偏巧被翠鳥嘴裏逃出來的泥鰍砸中。

　　「哈哈，都説天上掉不下餡餅，今天卻讓我遇上了。」河蚌趕緊合攏蚌殼，牢牢地夾住泥鰍。

翠鳥沒有吃到大魚，連剛到嘴邊的泥鰍也跑了，他生氣極了，與河蚌爭奪起來。這時，吃完大魚的鷸鳥從樹林裏大搖大擺地走出來，他看到翠鳥正在搶泥鰍，連忙跑過去趕走翠鳥，與河蚌爭奪起來。

鷸鳥使勁啄了幾下，
都啄在河蚌的硬殼上。
突然，他發現河蚌的兩
片蚌殼之間有一條縫隙，
他迅速地把尖嘴扎進縫
隙裏，把泥鰍揪出來吃
掉了。

氣急敗壞的河蚌順
勢夾住鷸鳥的一條腿。

動彈不得的鷸鳥假裝打起盹（粵音頓）來。河蚌以為鷸鳥睡着了，也慢慢張開了殼，露出裏面鮮美的肉。就在這時，鷸鳥突然睜開眼睛，猛地啄了下去。只聽到「咔嚓」一聲，河蚌合上殼，緊緊夾住鷸鳥的嘴。

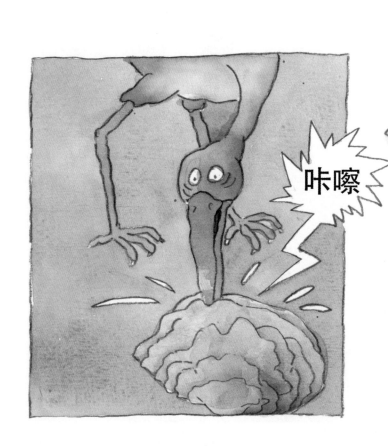

咔嚓

鷸鳥張不開嘴，低聲地說：「今天不下雨，明天也不下雨，喝不到水你就會死，你快放開我。」河蚌也不上當，說：「今天不放開你，明天不放開你，看會不會餓死你！」他們誰也不妥協。

這時，早就躲在蘆葦叢中的漁翁，得意洋洋地走出來：「哈哈，今天不費吹灰之力就有收穫，真是太好了！」漁翁飛快地網住了連在一起的鷸鳥和河蚌，扔進背篼（粵音柳）裏。

直到四周一片黑暗，鷸鳥和河蚌才知道發生了什麼事情。

　　儘管他們在背簍裏鬆開了對方，但是，誰也出不來了。

寓言一點通

●典故出處

「鷸蚌相爭」出自《戰國策》。

這個典故是這樣的：有一年，趙國要攻打燕國，燕王請蘇代去勸趙王不要出兵。蘇代對趙王說：「我在來的路上，看到一隻河蚌正張開蚌殼曬太陽，一隻鷸鳥飛過來咬住了河蚌的肉，河蚌趕緊閉合，夾住了鷸鳥的嘴。鷸鳥說：『今天不下雨，明天不下雨，到時候就有死蚌了！』河蚌說：『你今天不鬆開我，明天不鬆開我，那就會有死鷸了！』這時，來了一個漁夫，把河蚌和鷸鳥一起捉走了。現在趙國要攻打燕國，兩國長時間這樣僵持着，萬一強大的秦國成了漁夫，對兩國都不利啊。」趙王覺得蘇代說得很有道理，決定放棄攻打燕國。

●成語釋義

「鷸蚌相爭」比喻雙方相持不下，讓第三方趁機佔了便宜。

●我會造句

小花貓和小黑貓為了搶一條小魚打了起來，路過的小白貓趁機把魚拿走了。這真是「**鷸蚌相爭**，漁翁得利」啊！

●做一做

把下面意思相反的成語連起來。

1. 成羣結隊 •　　•a. 大大咧咧

2. 三言兩語 •　　•b. 三三兩兩

3. 小心翼翼 •　　•c. 洋洋灑灑

守株待兔

林玉萍 編寫
高　晴 繪圖

宋國有一個農夫，非常勤勞。他每天都要去田裏除草、鬆土、澆水、施肥……早出晚歸。所以，農夫家的田地裏到處都是綠油油的。

　　有一天，農夫正在田裏工作。突然，
遠處傳來一陣叫喊聲，「別讓牠跑了，快追！」農
夫趕緊停下手裏的工作，向遠處張望，只見一隻野
兔飛快地奔跑過來。

這隻受了驚嚇的野兔，拚命地向前跑，根本顧不上看路。農夫家的田地裏有一棵老槐樹，只聽見「嘭」的一聲，野兔撞在樹幹上，彈落在田裏死了。

農夫趕緊跑過去，
撿起已經斷氣的野兔，
樂得嘴巴都合不攏了。
「哈哈，好久沒吃肉
了。今天的運氣真
不錯啊。」

農夫沒有心思工作了，拎着野兔趕回家，還沒進門就喊起來：「趕緊燒火燉肉啊！」農夫的妻子見農夫提着一隻肥兔子，高興極了，趕緊去燒火。不一會兒，香噴噴的野兔肉燉好了，農夫和妻子開開心心地吃了一餐。

第二天，農夫笑瞇瞇地對妻子說：「你今天哪兒都別去，就在家燒好火，準備好鍋，等着我拿肉回來燉吧！」說完農夫就出門了。

251

農夫來到田裏，徑直走到老槐樹下坐着，開始美滋滋地想：一會兒肯定還會有野兔撞到樹上，我再撿回家燉着吃，燉兔子的味道好香啊！今天就不用做農活啦！農夫越想越高興，還「呵呵呵」地笑出了聲。

一連幾天過去了，再沒有兔子撞到槐樹上，農夫很失望。他雖然又重新拿起農具工作，但再也不像以前那麼專心了。總要時不時地向草叢裏瞄一瞄，聽一聽，幻想着再有兔子撞到樹上。

就這樣，農夫每天工作都心不在焉，往往是該鋤的地沒鋤完，該施的肥沒施到，該澆的水沒澆上……每天從天亮混到天黑，然後，不甘心地回家去。

　　一天又一天，從春天到夏天、從夏天到秋天，
農夫一邊胡亂應付農活，一邊堅持等在大槐樹旁，
幻想野兔撞上樹。可是農夫的願望始終沒有實現。

　　農夫家的莊稼，
因為得不到悉心的照
料，都漸漸枯萎了。而鄰居家的莊稼地，經過一年
的辛勤努力，都開始大豐收。看着別人的收穫，聽
到人們喜悅的歌聲，農夫後悔莫及。

　　農夫守着大樹等待兔子而荒廢農田的事情，一
傳十、十傳百，被很多宋國人知道了。農夫成了當
時人們談論的笑柄。

寓言一點通

我愛接龍

守株待兔死狐悲歡離合情合理直氣壯志凌雲蒸霞蔚然成風

● 典故出處

「守株待兔」出自《韓非子．五蠹（粵音到）》。

故事講述宋國有個農夫，他的田地裏有一截樹樁。一天，一隻奔跑中的野兔撞在樹樁上死了。正在做農活的農夫看到了，趕緊扔下農具，跑到那棵樹旁坐下，希望能再得到一隻撞死的兔子。農夫用這個方法，當然是不可能再得到兔子的，這個農夫也因此被宋國人恥笑。

● 成語釋義

「守株待兔」比喻心存僥倖，妄想不勞而獲；也比喻死守狹隘經驗，不知變通。

● 我會造句

小青蛙的學習成績非常好，小牛向他請教怎樣才能取得好成績，小青蛙說：「**守株待兔**等着好成績來找你是行不通的，要靠自己刻苦努力。」

● 做一做

下面謎語的謎底是哪個成語？把相關的成語和謎語連起來。

1. 不吃窩邊草的兔子。　●

●　a. 上天入地

2. 先坐飛機，後乘地鐵。　●

●　b. 異口同聲

3. 一起叫口號。　●

●　c. 捨近求遠

杞人憂天

王美冬　編寫
楊　磊　繪圖

從前，杞國有一個非常膽小的人，整天喜歡胡思亂想，總是擔心這，擔心那。

有一天，他坐在家門口喝茶，手裏搖着一把破蒲扇，一會兒神情嚴肅地看着天，一會兒又皺着眉頭看着地。

突然，他深深地歎了一口氣，説：「如果天突然塌下來，我的腦袋一定會被砸扁；如果地突然陷下去，我就會掉進深深的洞裏，這可怎麼辦啊！」

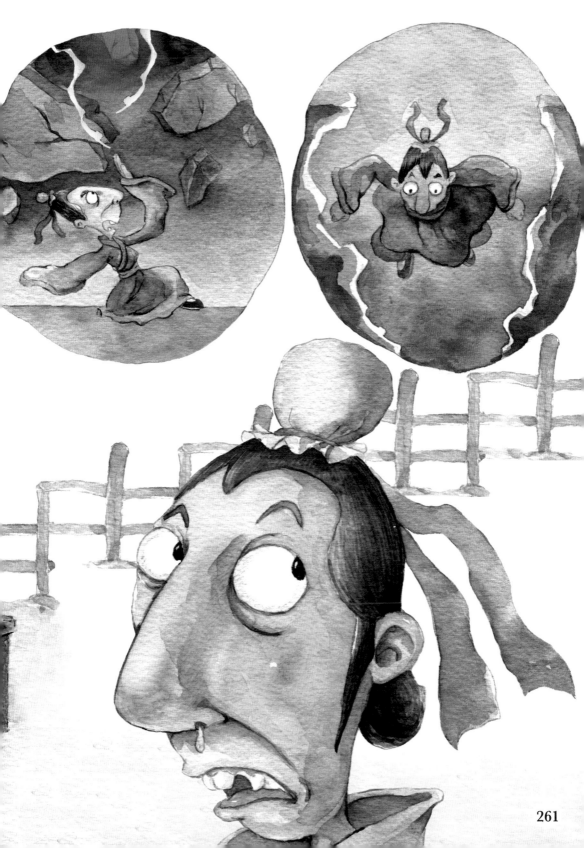

從那天開始，這個杞國人每天都為這個問題發愁。白天，他不敢吃飯，怕吃飯的時候天塌下來，自己來不及逃走；到了晚上，他又不敢睡覺，怕睡覺的時候地陷下去，自己會被埋在泥土裏。

　　就這樣，他吃不好，睡不好，
一天比一天憔悴。

　　這件事慢慢傳開，鄰里鄉親在背後議論紛紛：
「天下哪有這麼笨的人，放着好好的日子不過，每
天把自己弄得愁眉苦臉。」「太笨啦！」「太可笑
啦！」

可是，看着杞國人沒精打采，日漸消瘦，鄉親們也不忍心了，都趕來安慰他：「老兄啊，你為什麼要去擔心那些不會發生的事情呢？天是不會塌的，地也不會陷啊！」

「你整天擔心，吃不好，睡不好，也解決不了任何問題呀！」

可是，無論大家怎樣勸他，他都不相信，仍舊每天眉頭緊鎖，唉聲歎氣。

村裏有一個熱心人，喜歡為人排憂解難，他聽說這件事後，決定去好好開導這個杞國人。

　　熱心人來到杞國人家裏，對他說：「你看到的天，其實是一股積聚在一起的氣體，這些氣體存在於我們周圍的每一個角落。無論我們做什麼，吃飯啊，睡覺啊，走路啊，甚至是呼吸，都要和這些氣體接觸，你整天都在氣體裏活動，為什麼還要擔心它會掉下來呢？」

杞國人搖搖手，說：「你說得不對，如果像你說的那樣，天是氣體積聚在一起形成的，那天上的星星、太陽和月亮呢？它們總不是氣體吧，如果它們掉下來砸到我呢？」

熱心人接着解釋説：「當然不
會啦，星星、太陽和月亮也只是氣
體中會發光的一種物質，就算它們
真的掉下來，也不會傷害你，你完
全可以放心。」

　　杞國人還是不放心，他又問道：「如果地陷下去怎麼辦？」

　　熱心人說：「天由氣體積聚而成，地由土塊堆積而成，土塊填滿了大地，非常結實，你在這些土塊上行走了這麼多年，它怎麼會塌下去呢！」

　　「就算以前沒塌，要是明天塌了怎麼辦？」無論熱心人怎樣說，杞國人就是不肯相信他。

沒有辦法，熱心人只好失望地離開了。這個杞國人仍舊擔心這個，害怕那個，在忐忑（粵音坦剔）不安中度過他的每一天。

寓言一點通

我愛接龍

杞人憂天馬行空穴來風雨同路不拾

● 典故出處

「杞人憂天」出自《列子·天瑞》。

原文大意：古代杞國有個人擔心天會塌、地會陷，自己無處存身，便吃不下飯，睡不着覺。有人開導他，說：「天是空氣聚積起來的。你每天都在空氣裏活動，所以不用擔心天會塌下來。」那人說：「天是氣體，日月星辰不會掉下來嗎？」開導他的人說：「日月星辰是空氣中發光的東西，即使掉下來，也不會傷害什麼。」那人說：「如果地塌陷了怎麼辦？」開導他的人說：「地是土塊堆積起來的，填滿了四處，到處都是土地，你每天都在地上活動，所以不用擔心地會陷下去。」那個杞國人才高興起來，開導他的人也很高興。

● 成語釋義

「杞人憂天」比喻不必要的憂慮。

● 我會造句

小貓咪咪最愛讀書，可是她每次都擔心書裏的大鱷魚會衝出來吃她，真是**杞人憂天**！

● 做一做

右邊的成語和左邊哪一個意思相同？把它們連起來。

1. 害怕得變了臉色。 •   • a. 聞風喪膽

2. 聽到就害怕。 •   • b. 談虎色變

3. 談到就害怕。 •   • c. 大驚失色

遺臭萬年輕力壯志凌雲

朝三暮四

王美冬 編寫
楊磊 繪圖

　　宋國有個人很喜歡猴子，大家叫他「狙（粵音追）公」。他覺得猴子非常有靈性，於是他在家裏養了一大羣猴子。除了吃飯和睡覺，狙公都與猴子待在一起：餵猴子吃東西，跟猴子說話，帶猴子做遊戲。

　　時間久了，狙公與猴子之間也越來越有默契。猴子坐在地上拍肚子，狙公就知道猴子餓了；狙公一抬手，猴子就會站直在地上蹦跳……

　　這羣猴子住在狙公家的院子裏，每天都要吃掉許多瓜果、蔬菜和糧食。為了讓猴子吃飽，狙公寧願讓家人吃得差一點，把好吃的留給猴子吃。

　　但是，猴子越長越大，食量也越來越大。狙公一家節衣縮食，省下的食物還是不夠猴子吃。猴子肚子餓，抱着狙公的腿耍賴，「嘰里呱啦」用力叫；狙公的孩子也肚子餓，扯着狙公的胳膊撒嬌，「嗚哇嗚哇」大聲哭。

狙公的妻子也開始抱怨：「到底是家人重要，還是猴子重要呢？孩子餓得不停地哭，你就不心痛嗎？」狙公知道，他必須減少猴子的食物了。

　　不過，猴子可不是那麼好欺騙的，牠們和其他家畜不一樣。豬啊，羊啊，牛啊，即使吃不飽，頂多也只是哼一哼，叫一叫。但是猴子如果吃不飽，就會鬧得天翻地覆。

　　狙公剛給猴子減少了一點食物，猴子們就在院子裏鬧得一團糟，把院子裏的東西打翻，弄得滿地都是。

　　狙公發愁了，怎麼辦呢？一定要想出一個解決的辦法。

　　一天，狙公在村子旁邊發現了一棵高大的櫟（粵音瀝）樹。每到秋天，櫟樹上就會結滿杯狀的堅果──橡子。這是猴子最喜歡的食物之一，狙公頓時有了主意！

　　橡子裏含有豐富的澱粉，猴子吃了容易有飽腹感，如果把猴子日常的食物減少一些，再讓猴子吃一些橡子，這樣不就能省下一些糧食嘛！

狙公從櫟樹上採了一些橡子。但是，櫟樹上的橡子也有限，所以要限定猴子吃橡子的數量。

　　狙公拿出橡子對猴子們說：「從今天開始，你們吃完飯後，再給你們吃一些橡子。早上三顆，晚上四顆，怎麼樣啊？」

　　猴子們聽到狙公前面說的數字是「三」，都覺得少，紛紛跳起來，表示抗議。

　　狙公知道牠們一定是聽到了「三」，覺得數量少，於是換了一種說法：「那就早上四顆，晚上三顆，可以嗎？」猴子們聽到「四」，知道比剛才的「三」多，以為狙公多加了橡子，立刻歡快無比。

　　狙公只是換了一種說話的方式，就讓猴子接受每天吃七顆橡子的要求。從那以後，狙公減少了給猴子的食物量，再以橡子作為輔食，猴子們都吃得飽飽的，狙公家也不再缺少糧食了。

寓言一點通

● 典故出處

「朝三暮四」出自莊周《莊子·齊物論》。

原文大意：古代宋國有一個人，他很喜歡猴子，所以養了一大羣猴子，他和猴子彼此心靈相通。這個人減少了全家的糧食來滿足猴子。慢慢地，家裏開始不夠吃了，他打算限制猴子的口糧，擔心猴子們不聽，就先騙猴子們：「我給你們的橡果，早上三顆，晚上四顆，這樣夠嗎？」猴子們一聽很生氣，全鬧起來了。然後，他說：「我給你們的橡果，早上四顆，晚上三顆，這樣足夠嗎？」猴子們聽後都很高興地趴在地上表示願意。

● 成語釋義

「朝三暮四」原比喻聰明人善於使用手段，愚笨的人不善於辨別事情，後來比喻反覆無常。

● 我會造句

小虎寶寶今天說要學吹笛子，明天說要學鋼琴，後天又說要學結他，虎媽媽說：「你這樣**朝三暮四**，最後什麼也學不成！」

● 做一做

給下面的成語分別填上數字，組成一個正確的成語。

1.＿＿＿波三折　　2.＿＿＿神無主　　3.＿＿＿顏六色

4.＿＿＿心兩意　　5.＿＿＿面八方　　6.＿＿＿話不說

 做一做 答案

畫龍點睛　P.20
1. 同舟　　　　2. 三分
3. 良辰　　　　4. 春風

畫蛇添足　P.34
1. 牙；齒　　　2. 唇；齒
3. 牙；牙　　　4. 唇；舌
5. 唇齒　　　　6. 唇；齒

愚公移山　P.48
1. 水；山　　　2. 山；泰；山
3. 人；如；山；再

鐵杵磨成針　P.62
1. b　　　2. c　　　3. a

鄭人買履　P.76
1. 其　　2. 可　　3. 勝
4. 捉　　5. 思　　6. 求

疑人偷斧　P.90
1. 琴　　2. 鈴　　3. 竽
4. 盾　　5. 履　　6. 鼓

一鳴驚人　P.104
1. 一　　2. 兩　　3. 三
4. 四　　5. 五　　6. 七

一舉兩得　P.118
1. 廣東　　　　2. 四川
3. 天津　　　　4. 西安

濫竽充數　P.132
1, 2, 4, 6　成語：濫竽充數

葉公好龍　P.146
1. b　　　2. c　　　3. a

老馬識途　P.160
1. 雞　　2. 羊　　3. 虎
4. 象　　5. 兔　　6. 龍

望梅止渴　P.174
1. c　　2. d　　3. b　　4. a

狐假虎威　P.188
1. 牛　　2. 龍　　3. 狼
4. 蛇　　5. 犬　　6. 熊

井底之蛙　P.202
a. 自　　b. 大　　c. 人　　d. 眾

自相矛盾　P.216
1. 劍　　　　2. 弓
3. 箭　　　　4. 槍；劍
5. 刀；斧　　6. 弓

杯弓蛇影　P.230
1. 魚　　2. 虎　　3. 鳥
4. 兔　　5. 馬　　6. 魚

鷸蚌相爭　P.244
1. b　　2. c　　3. a

守株待兔　P.258
1. c　　2. a　　3. b

杞人憂天　P.272
1. c　　2. a　　3. b

朝三暮四　P.286
1. 一　　2. 六　　3. 五
4. 二　　5. 四　　6. 二

中國寓言故事繪本

主　　編：傳統文化圓桌派
編　　寫：話小屋等
繪　　圖：王祖民等
責任編輯：楊明慧
美術設計：黃觀山
出　　版：新雅文化事業有限公司
　　　　　香港英皇道 499 號北角工業大廈 18 樓
　　　　　電話：(852) 2138 7998
　　　　　傳真：(852) 2597 4003
　　　　　網址：http://www.sunya.com.hk
　　　　　電郵：marketing@sunya.com.hk
發　　行：香港聯合書刊物流有限公司
　　　　　香港荃灣德士古道 220-228 號荃灣工業中心 16 樓
　　　　　電話：(852) 2150 2100
　　　　　傳真：(852) 2407 3062
　　　　　電郵：info@suplogistics.com.hk
印　　刷：中華商務彩色印刷有限公司
　　　　　香港新界大埔汀麗路 36 號
版　　次：二〇二二年三月初版

ISBN: 978-962-08-7965-4
© 2022 Sun Ya Publications (HK) Ltd.
18/F, North Point Industrial Building, 499 King's Road, Hong Kong
Published in Hong Kong, China
Printed in China